Pygmalion

L'anti- ~~Prométhée~~

ou

L'amour Prométhée

sans lyrique

par D'Elmotte (Soultier)

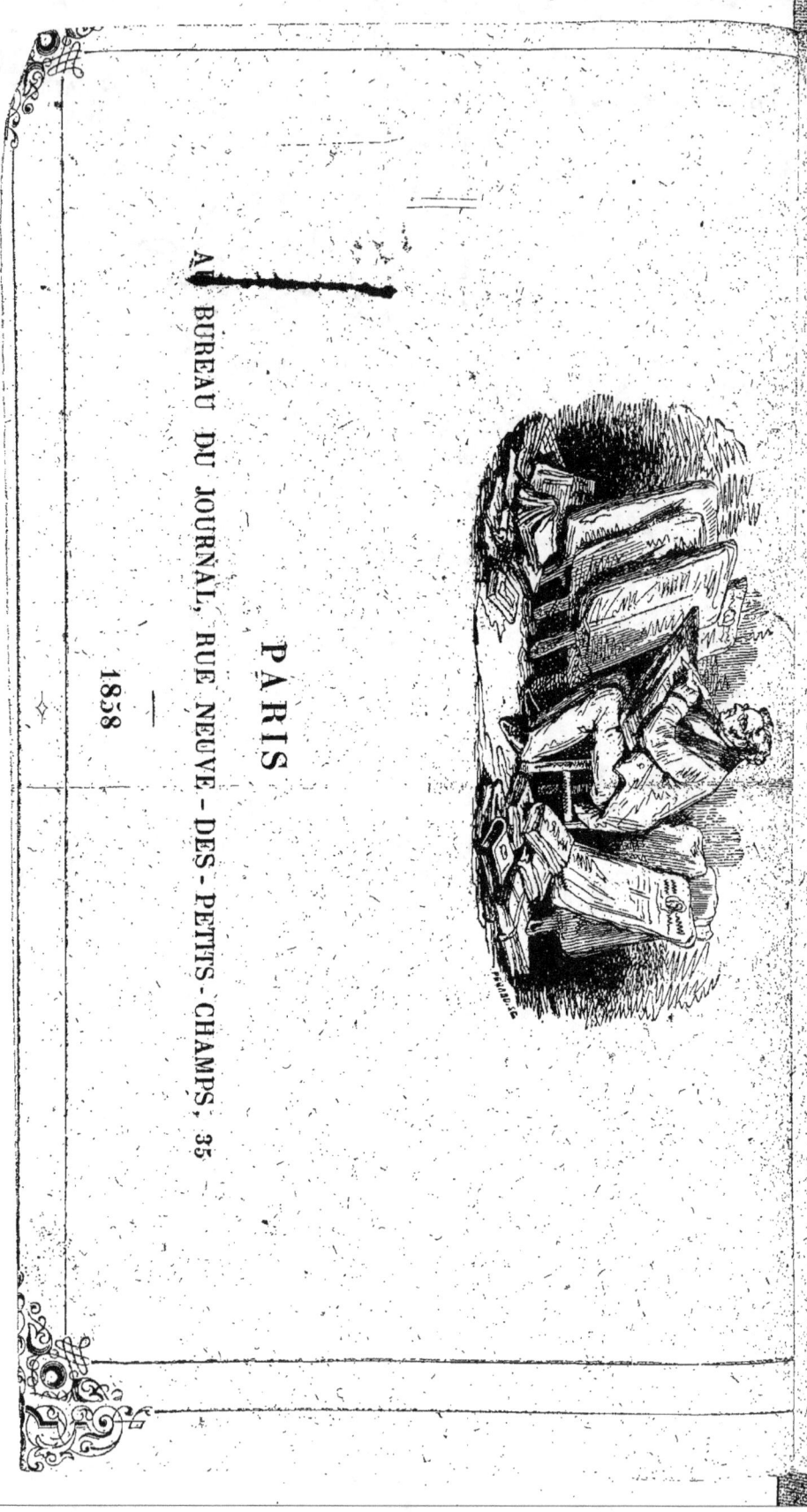

PARIS

AU BUREAU DU JOURNAL, RUE NEUVE - DES - PETITS - CHAMPS, 35

1858

L'ANTI-PIGMALION,

O U

L'AMOUR PROMÉTHÉE;

SCÈNE LYRIQUE.

L'ANTI-PIGMALION,

OU

L'AMOUR PROMÉTHÉE;

SCÈNE LYRIQUE.

Donnée au Théâtre des Elèves de l'Opéra,
au mois de Juin 1780.

Par M. D'ELMOTTE.

Omnia vincit amor & nos cedamus amori.
VIRG.

PRIX, 12 fols.

A MONTREUIL=SUR=MER;
Et fe trouve A PARIS,
Chez DESAUGES, Libraire de MADAME VICTOIRE, rue
St-Louis, près le Palais, & chez les Marchands de Nouveautés.

M. DCC LXXX.

A M. ROCHEFORT,

Directeur de l'Orcheſtre des Elèves de l'Opéra.

RECEVEZ mes remercimens, mon cher ami; la Muſique que vous avez faite pour l'Anti-Pigmalion eſt ſupérieure à celle du Pigmalion de J. J. Rouſſeau : c'eſt l'unique avantage que j'aie ſur le Citoyen de Genève; car je trouve encore plus de diſtance entre ſa production & la mienne, que les gens de goût n'en mettent entre la Métromanie & les Battus payent l'amende.

Je ſuis, ſans cérémonie,

Votre ami D'ELMOTTE.

PERSONNAGES.

GALATHÉE,   Mlle. JULIE MINARD.

LISIS,   Mlle. HENRIETTE PAULINI

L'AMOUR,   M. VERNET.

Le Théâtre représente une solitude entourée de jardins, de bosquets, de ruisseaux : on voit une Statue dans l'enfoncement, & sur la gauche du Théâtre un berceau.

Cette barre ————— indique les endroits où il se trouve de la Musique.

Les Balets sont de M. LIESSE.

L'ANTI-PIGMALION.

L'AMOUR.

GALATHÉE n'est pas encore ici, & son arrivée y précède toujours celle du printems. Qui peut la retenir davantage ? Flore vient de rendre à ces berceaux leur parure. Pleines d'impatience, les jeunes roses se pressent de sortir de leur bouton ; chacune d'elles veut être la première à sourire à l'approche du printems.

Orgueilleuse Bergère ! j'ai fixé ce jour pour triompher de ton indifférence. Tu viens dans cette retraite pour y chercher le repos, tu fuis tous les objets qui pourraient distraire ton cœur, tu veux m'échapper ; mais je romprai toutes tes mesures. D'abord, pour ne t'inspirer aucune défiance, j'ai fait placer une Statue dans l'enfoncement de ce

A 4

bofquet; en la voyant, ton cœur fera ému, tes yeux fe troubleront; je te ferai brûler pour elle. Tu fentiras ma puiſſance fans la connaître. Un poiſon fe gliſſera dans ton cœur, fans que tu puiſſes t'en défendre. Tu feras confumée d'un feu que rien ne pourra éteindre.

Mais je l'apperçois. Vîte, cachons-nous & jouiſſons, fans qu'elle nous voye, de ma vengeance & de fon tourment.

(*L'Amour fe cache derrière la Statue , de manière qu'il voit Galathée fans en être vu.*)

GALATHÉE.

Enfin je vous revois, retraite paifible & fortunée. Deux mois fe font écoulés depuis que je ne fuis venu jouir de la fraîcheur de votre ombrage. Je vous revois berceaux , où tant de fois je me fuis livrée aux douceurs du fommeil; bois épais , où j'ai promené mes tendres rêveries ; & vous aimables oifeaux , qui égayés ma folitude par vos concerts, je vous revois encore.

Heureufe de mon indifférence, je vais de nouveau parcourir ces bofquets parfumés , où le printems a fixé fon empire. Je vais m'égarer dans ces jardins, dont mille fleurs, toujours fraîches, varient l'éclat & la beauté. Hélas! deux mois d'abfence m'ont paru deux fiècles; mais je fuis bien fatiguée; la nature repofe, imitons-là. J'apperçois un banc de gazon, je vais m'y coucher jufqu'au jour. ⎯⎯⎯

Mes yeux ne peuvent fe fermer : je fens un trouble dont j'ignore la caufe. Mon efprit eft occupé; je ne fais de quel objet. ⎯⎯⎯ Je ne puis fermer l'œil ; une inquiétude fecrette interrompt mon repos. ⎯⎯⎯ Mais l'aurore commence à briller à travers ces rofiers fauvages. J'entends déja les roffignols qui expriment par leur chant leurs paifibles amours : je vais prendre ma lyre & joindre mes accens aux leurs ; cette douce occupation diffipera peut-être mon trouble & rendra le calme à mes fens. ⎯⎯⎯ On dirait que les cordes de ma lyre refufent d'obéir aux mouvemens de mes doigts. Je ne tire que des fons difcords fans liaifons & fans fuite. ⎯⎯⎯ Doux charmes de l'harmonie ! où font donc vos prodiges? N'auriez-vous plus d'influence fur mon cœur ? Hélas ! il fe trouble de plus en plus. Je fens naître des defirs dont j'ignore la nature. Je fens des émotions dont les suites m'alarment. Dieux ! manquerait-il quelque chofe à mon bonheur ? ———— Que vois-je ? un jeune homme !...... Hélas ! ce n'eft qu'une ftatue...... Quelle beauté !... Quelles propor-tions !..... Quels contours féduifans !... Sa bou-che parait me fourire.... Son attitude penchée... Les treffes négligées de fes beaux cheveux lui donnent un air de volupté dont l'ame ne peut fe défendre. Que n'eft-elle animée !...... Mais mon efprit s'égare. Hélas ! je forme des vœux impuif-fans...... Non, jamais je n'éprouvai de fembla-bles impreffions : un feu ardent s'infinue dans mes veines. Je brûle & je ne fais pourquoi.... Le Soleil parait.... Si j'invoquais fa puiffance : autre-fois Prométhée...... Que dis-je ? je viens dans ce lieu pour chercher le repos, & j'entretiens des penfers qui doivent le détruire. Non, renverfons ce marbre, brifons-le..... ———— Ciel ! quelle puiffance maîtrife mon cœur & retient mon bras ? Quel feu féditieux circule dans mon fang ? Mon ame eft confumée. Je brûle & c'eft pour ce mar-bre..... L'Amour voudrait-il me punir de mon indifférence ?.... Hé bien, quittons ces lieux, il en eft encore tems, allons. ———— Mais quel charme m'y retient malgré moi. Je ne puis aller plus loin...... Mes jambes chancellent..... Je tremble..... Je friffonne.... Un nuage épais couvre mes yeux... Je n'en puis plus.... Repos, bonheur... tout m'a quitté...... Amour ! Amour ! Dieu cruel & barbare, tu es affez vengé.... Rends-moi mon indifférence. Rends-moi.'... Mais l'Amour exaucerait-il mes vœux... Mon trouble diminue... Je fuis moins agitée.... Mes efprits font plus calmes. Effayons à préfent de dormir ; le fommeil adoucira peu-être l'amertume du poifon qui aigriffait mon cœur. (*Elle s'endort.*)

L'AMOUR.

Enfin, j'ai vaincu fon indifférence. Préfomptueufe Bergère ! tu cherchais cette folitude pour te fouftraire à mes traits ; mais c'eft pour ceux qui les évitent que je les rends plus aigus. Cependant je ne veux pas pouffer plus loin mes rigueurs. Ma vengeance eft fatisfaite. Je vais malgré fon fommeil lui donner une idée des plaifirs que je lui prépare. Divinités, qui préfidez aux fonges heureux, accourez à ma voix ; venez par des danfes voluptueufes lui retracer l'image de ce que l'Amour lui deſtine : alors préparée au bonheur par l'illuſion d'un agréable menſonge elle en goûtera mieux la réalité.

(Les Songes ſortent de la terre , danſent & forment un tableau pittoreſque du bonheur des deux Amans. L'Amour fait un mouvement avec ſon flambeau & les Songes diſparoiſſent : il s'approche de la Nymphe , la conſidère en ſouriant & dit :)

Comme ſon ſein eſt agité , ſon viſage eſt tout en feu. Non , je ne puis la voir dans cet état ſans pitié. Je vais avec mon flambeau animer cette Statue , & je veux qu'en s'éveillant elle la trouve à ſes pieds.

(L'Amour approche de la Statue.)

Marbre froid & inſenſible , prends un ame & des ſens , l'Amour te l'ordonne : tu t'appelleras Liſis ; & ſous ce nom tu feras le bonheur de Galathée.

(L'Amour va faire jouer ſon flambeau près de Liſis , qui s'anime peu-à-peu , & s'examine avec étonnement. Liſis approche de l'Amour, le touche , & ſe touche après. L'Amour lui prend la

main & lui fait figne de le fuivre. Lifis marche d'un
pas embarraffé ; l'éclat du foleil paraît le bleffer ; il
porte fa main renverfée fur fes yeux. L'Amour fait
de nouveau jouer fon flambeau : alors Lifis paraît
plus ferme, fes yeux foutiennent plus hardiment la
lumière ; il regarde le Ciel avec admiration ; il met
la main fur fon cœur pour en fentir les battemens.
L'Amour le conduit au berceau ; en voyant Galathée
il jette un cri mêlé de plaifir & de furprife ; il
fourit, s'attendrit, fe jette aux genoux de Galathée,
lui prend la main & la baife avec tranfport. L'A-
mour fe cache, la Nymphe s'éveille : elle doit être
à la fois étonnée, confufe & fatisfaite.)

GALATHÉE.

Quoi ! ce n'eft point un fonge ?

LISIS.

Non.

GALATHÉE.

Qui a pu te conduire à mes genoux ?

LISIS.

L'Amour.

L'Amour.

Oui l'Amour, qui, piqué de votre indifférence,
a voulu s'en venger. Votre sexe n'est pas fait pour
être seul, il lui faut quelqu'un qui partage ses pei-
nes & ses plaisirs. Voilà le compagnon que l'A-
mour vous donne.

Galathée.

Relève-toi . . . . Hélas ! je trouvais tant de
douceurs dans l'indifférence.

L'Amour.

Eh pourquoi perdre dans l'indifférence des jours
que vous pouvez rendre heureux ! Faite pour
plaire & pour charmer, vous devez être tendre &
sensible.

Galathée.

Je crains un jour de rougir. . . . .

L'Amour.

Dissipez ce scrupule ; on ne doit rougir que

du crime & l'Amour n'en eſt pas un : quand vous connaîtrez ſes plaiſirs & ſon ivreſſe , alors vous maudirez les jours que vous lui avez dérobés. Aimez, Galathée , jouiſſez de votre printems : la Nature ne vous fit belle que pour uſer des biens qu'elle vous a donnés.

GALATHÉE.

Comptez-vous pour rien les chagrins de l'in-conſtance ?

L'AMOUR.

La beauté ſait fixer l'Amour ; quand c'eſt elle qui le fait naître. Allons , allons , jurez-vous de vous aimer toujours.

LISIS.

Je jure.

L'AMOUR.

Et vous ?

GALATHÉE.

Vous le voulez , je jure auſſi.

L'AMOUR.

Lisis , vous pouvez croire ses sermens ; puisque vous serez le seul mortel à qui je permettrai d'aborder cette retraite ; les Plaisirs seuls en auront l'entrée : qu'ils viennent par leurs danses célébrer votre union.

(*Au Public.*)

MESDAMES.

Le Miracle que l'Amour vient de faire vous le faites tous les jours. Nous sommes des Statues que vos bontés échauffent, que vos applaudissemens animent & vivifient. Puissiez-vous aimer long-tems votre ouvrage ! Puissiez-vous , en suivant l'exemple de ces deux Amans, imiter aussi leur constance & leur fidélité ! Nous n'exigeons pas des sermens ; vos applaudissemens sont, pour nous, une assurance plus forte que des sermens les plus solemnels.

Ballet général des Jeux , des Plaisirs & des Ris.

LE VOLEUR

ILLUSTRÉ

CABINET DE LECTURE UNIVERSEL

NOUVELLE SÉRIE

TOME DEUXIÈME

1857-1858

www.ingramcontent.com/pod-product-compliance
Lightning Source LLC
Chambersburg PA
CBHW061526170626
46811CB00004B/1869